POR TRÁS DE TUDO

Alba M. Vieira Melo

Editora InVerso
® 2022. Editora Inverso

R. Doutor Goulin, 1523 Alto da Glória
CEP 80040-280 Curitiba-PR
(41) 3254-1616 e (41) 3558-8001
editorainverso@editorainverso.com.br
www.editorainverso.com.br
Facebook.com/editorainverso
Instagram @editorainverso

COORDENAÇÃO EDITORIAL
Cristina Jones
Editora InVerso

CAPA, PROJETO GRÁFICO E DIREÇÃO DE ARTE
Adriane Baldini

REVISÃO
Carlos W. Jorge

DADOS INTERNACIONAIS DE CATALOGAÇÃO NA PUBLICAÇÃO (CIP)
Mona Youssef Hammoud – CRB/ 9ª 1393

M528p

MELO, Alba M. Vieira. **Por trás de tudo.**
Curitiba: Ed. InVerso, 2022
152 p. 15 x 18 cm PTBR

ISBN: 978-85-5540-

1. Contos e Crônicas. 2. Poesia. 3. Perda. 4. Pandemia.
5. Reflexão. I. Título

CDD: 869.5

Contos e crônicas: 869.5 Reflexão: 334.1

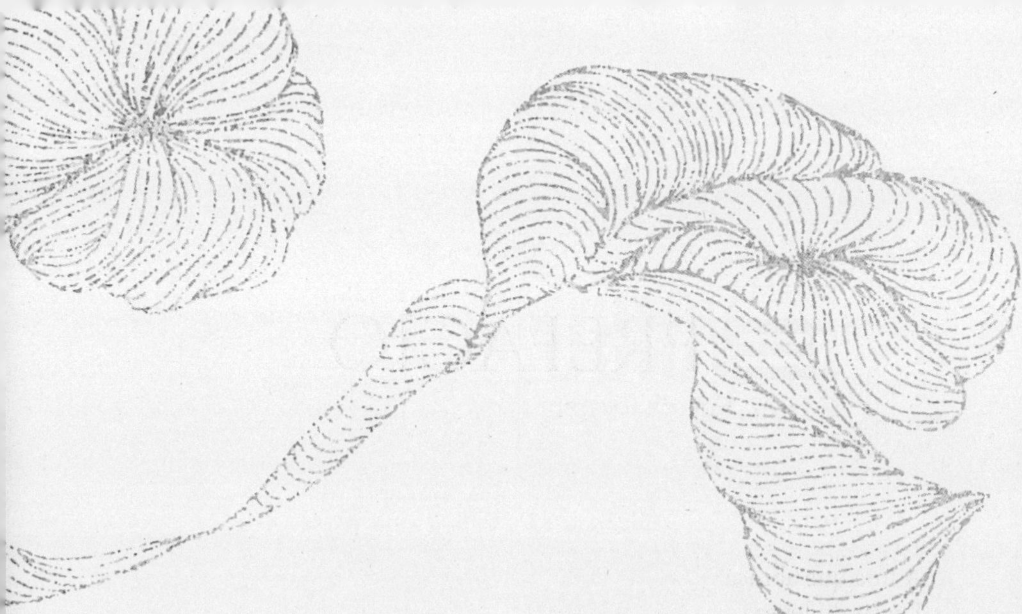

Dedico aos incansáveis profissionais da saúde, em especial aos intensivistas de todas as unidades, das mais precárias às mais assistidas, que, apesar de tudo, viveram a pandemia tão humanamente.

***

Por trás de tudo há um propósito, uma ação e infinitas reações.

Imputo esse pensar à longa jornada de angústias, desafios e toda forma de mútuo aprendizado por todos vivenciado.

Minha gratidão aos empáticos, que fizeram dessa vivência uma oportunidade para fazer a diferença.

PREFÁCIO

A lma que abraça
L evando leveza,
B eleza e graça.
A LBA, mulher cheia de raça.

A intimidade da Alba com as palavras é tanta que somente com poesia seria possível prefaciar este livro à altura do que ele contém. Cheia de alegria e honra por esse convite, li, reli, inspirei-me e aprendi. Aprendi que, por trás de tudo, tem um lado bom. Nesse "Por trás de tudo da Alba, encontrei Deus, amor e beleza... E, sobre tudo isso, ela entende muito bem, e deixa claro que um não existe sem o outro.

Quando a pessoa está impregnada de uma vida poética, escrever se torna algo fluido. Basta desnudar a alma, despindo-se de censuras, deixando o fluir das emoções e das palavras deslizarem pelo teclado por meio dos ágeis dedos, revelando-se. Neste, *Por trás de tudo,* da Alba revela quem ela realmente é: uma mulher sensível, corajosa, amorosa e cheia de Deus. Talvez por isso tenha enfrentado o período de pandemia de forma tão consciente, solidária, leve e criativa. E o resultado foram estes 68 poemas, os quais ajudarão os leitores a se sentirem dessa mesma forma.

A leitura desta obra faz de nós, leitores, sujeitos maiores, afinal, quando nos apoiamos nos ombros de gigantes, podemos ver mais longe. Em suas bem escritas linhas (e nas entrelinhas), Alba nos dá apoio, mostrando a necessidade de nos colocarmos na pele dos que sofrem e lutam, que não se conforma com as desigualdades, que valoriza a família acima de tudo e que, cheia de esperança, vê o lado bom das coisas, entendendo que, na vida, nada acontece por acaso.

Por fim, destaco que, em vários dos seus poemas, Alba esclarece a importância da gratidão, cuja raiz é a mesma da palavra "agradável". E aí está mais um predicado da autora: que pessoa agradável! Ela faz com que nos sintamos bem, assim como a leitura deste livro fará a todos nós. Desde já, aguardaremos os próximos!

Marilise Brockstedt Lech
Psicóloga Educacional e Doutora em Educação
Professora da Universidade de Passo Fundo
Presidente da Academia Passo-Fundense de Letras

Sumário

POR TRÁS DE TUDO

Por trás do isolamento tem…
tem seres com medo,
apavorados e já cansados.
Tem mães estressadas
se virando entre tanque e fogão.
Tem pais preocupados,
fazendo somas,
revendo saldos,
e tem os dois juntos,
trocando farpas
e ajustando as contas.

Por trás do isolamento
tem crianças pulando,
desordens de toda ordem
e muita televisão.
Tem aulas cansativas,
tarefas cumpridas
e nada de dias letivos.
Tem avós recolhidos,
acolhidos ou banidos,
alguns tricotando,
outros jogando cartas
e muita conversa fora.

Por trás do isolamento
tem tempero de cozinha,
receitas criativas
e panelas sem nada.
Tem geladeiras recheadas
e fartas mesas,
tratando ansiedades.
Tem lares com dispensas vazias,
pratos cheios de angústia
e pouca esperança.
Tem música tocando
e chineladas rodando.

Por trás do isolamento tem...
tem casais se encontrando
e outros se aturando.
Tem profissionais se lamentando
e involuntários se aposentando.
Tem risada, tem piada
e tem choro fazendo coro.
Tem gente que virou gente,
que descobriu sua vocação,
que mudou de profissão
ou bravamente se reinventou.

Enfim, tem de tudo...
até quem não se esconde,
quem esbraveja desorientado,
revolta-se desconectado
e espalha o que não devia.
Tem os que dependentes se tornaram,
nas fugas se apegaram,
colecionando rótulos,
copos, comprimidos
ou energéticos cafezinhos.
Tem ainda os da era digital,
que navegam no virtual,
que dessa tecnologia
tiram o pão de cada dia
ou os que simplesmente,
viajam sem parar.

Por trás do isolamento
tem amor redescoberto,
tem pais e filhos se conhecendo,
professores bem lembrados
e serviçais valorizados.

Por trás do isolamento
tem joelhos calejados,
mãos unidas
e mentes positivas.
Tem orações se repetindo,
pedidos em silêncio
e corações amargurados
lamentando tantas perdas.

Por trás do isolamento
tem dor sim,
tem tristes distanciamentos.
Entretanto,
foi descoberto
bem no meio do isolamento,
balaios de amor,
cestas de solidariedade,
sacolas de resiliência,
empatia e muito,
muito mais…
porque nesta vida,
por trás de tudo,
tem Deus,
graças a Deus!

LUZ AOS SENTIMENTOS

Passava da meia-noite
e eu sem nada de sono.
Da minha janela,
no décimo primeiro andar,
por instantes me encantei
com a quantidade de luzes
que salpicavam a noite escura.

Fiquei ali,
olhando aquele contraste.
Eram tantas luzes,
bem próximas umas das outras,
iluminando primeiro ao seu redor
e misturadas ampliavam a claridade.
Algumas estavam dentro das moradas,
outras na rua,
outras nos faróis dos carros que passavam.

O quanto cada lâmpada individualmente iluminava
não dava para medir,
mas o quanto cada uma
fazia a diferença com sua luz, sim.
Elas juntas formavam
um único clarão.
Cada uma saía do seu ponto
e invadia o ponto da outra,
aumentando a luz total.

Fiz disso uma analogia.
Se cada um de nós
emanasse um grande sentimento, o melhor de todos,
e abrindo as nossas janelas fôssemos misturando,
unindo um a um, invadindo outros lares, outras ruas
e como os faróis,
fosse iluminado a rua,
espalhando-se,
contagiando, guiando.

Assim como as luzes da cidade
se juntavam, iluminando mais,
os bons sentimentos se uniriam,
humanizando mais.
Dessa junção certamente cresceria a solidariedade,
o amor, a fraternidade...
e iria despertando tantos outros sentimentos
ainda adormecidos,
ainda no escuro.

ENQUANTO ISSO

O tempo se arrasta lento,
os dias andam precisos
conforme tem que ser.
Enquanto isso,
descubro-me por aqui,
fazendo coisas que pouco fiz,
tarefas que me exaustam
e outras que me seduzem.
Aprendi a olhar ao redor,
a ver o que me cerca
e o que me completa.

Enquanto lá fora do meu portão,
o mundo corre solto
e os conflitos se misturam.
Acontecimentos que assustam
e outros me enternecem.
Sei deles...
impossível não saber,
impossível não sentir.

Enquanto isso,
descubro aqui outras razões,
outras formas de andar,
de conviver e interagir.
Percebo que posso mais que imaginava,
que alcanço limites
nunca antes testados
e que encontro realizações
nas pequenas coisas,
antes pouco reconhecidas.

Enquanto a vida corre paralela,
meus dias se ajustam,
meus momentos se alternam
entre a vontade
de voltar no tempo
e a consciência dessa realidade que fez tudo mudar.
Vou agradecendo cada manhã,
cada noite bem dormida
e cada vez que respiro,
livre e profundamente!

AUTOESTIMA

Hoje acordei cedo,
decidida a me presentear
de algum modo.
Parei diante do espelho
e vi que estava
precisando de atenção.

Olhei-me atentamente,
de cima a baixo.
Não era eu que estava ali,
não era a pessoa que costumava ver.
Esta, na minha frente,
era alguém
que estava só de passagem,
que por um tempo longo
pousou no meu semblante,
nos meus cabelos,
na minha pele,
na minha morada.
Ela me deu bom dia,
e nesse momento pediu socorro.
Entendi que era tempo
de buscar algo…

Então, saí do meu confinamento,
fui até a cidade mais próxima,
e lá, numa casa elegante,
me senti devidamente acolhida!
Confiante,
entreguei aos profissionais
a pessoa que levei para tratarem.
Com os devidos cuidados,
pegaram-na no colo.

Começaram pelos seus cabelos,
passaram pelas sobrancelhas,
pegaram suas mãos
e massagearam seus pés.
Finalizaram
com uma maquiagem leve,
que combinou com
o blusão colorido que usava,
toda altiva num salto médio.
Estava pronta!

Saiu daquele lugar se achando!
Foi tomada por um sentimento
que há muito não experimentava.
O sol aquecia sua cabeça,
enquanto a brisa despenteava
seus cabelos repicados
e levemente clareados.
De visual novo
passeava pela rua,
como uma ilustre desconhecida,
elegante e mascarada.

Isso não a fez se sentir fútil,
nem vazia...
ao contrário,
apenas a completou,
pois o restante dela já estava pleno!

Por algum tempo
andou sozinha,
sentindo-se leve,
reconfortada,
e naquele instante,
extremamente grata
por ter sido
presenteada por ela mesma!

SÚPLICAS

Senhor, venho aqui te pedir
pelo dia seguinte, pela hora precisa,
pela mão que decide, pela cabeça que pensa.
Quero te pedir, Senhor, pelo caminho que não conheço,
pelos passos que darei, pelo rastro que deixarei,
pela história que escrevo.

Quero te pedir, Senhor, pelos que amo,
pelos que sofrem e não conheço,
pelos abandonados, pelos indefesos,
pelos que não têm pão, pelos que não se cobrem
e pelos que sentem dor.

Te peço também, Senhor, por quem depende de mim,
por quem devo zelar e pelo que devo fazer diante disso.
Quero te entregar aquilo que não consigo carregar sozinho,
entregar o que não posso compreender,
o que não consigo perdoar, o que não devo esquecer.

E por fim, Senhor, peço-te por mim!
Quero que me ensine a ser o que vim para ser,
mostre-me o caminho e tudo que dele devo aceitar.
Quero que me perdoe pelas vezes que não orei,
mas acima de tudo, Senhor, quero te agradecer
por estar assim, neste momento, diante de ti!

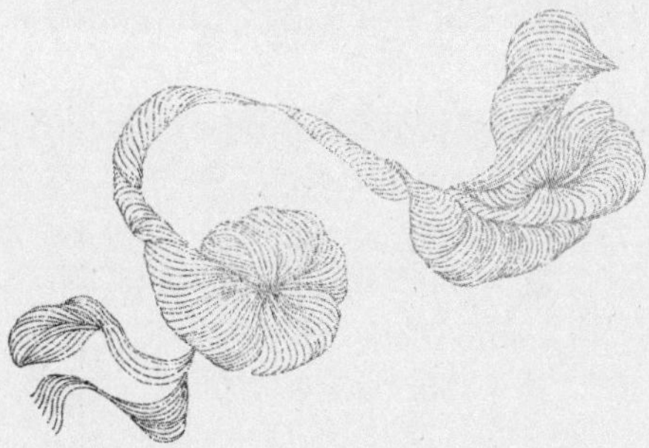

VÉSPERA DE PÁSCOA

Eu não sei se falo da Páscoa,
da pandemia ou de todos nós.
Não sei se comento
sobre o inimigo comum
ou se enalteço o melhor amigo.
Não sei se falo de esperança
ou daquilo que, já cansados, desacreditamos.
Não sei se busco na espiritualidade
um alento para as incertezas
ou me entrego às más influências das correntezas.

Pergunto-me como consolar
sem um abraço,
como agradecer
sem olhar nos olhos,
como esperar
sem saber até quando.

Todavia, hoje,
véspera da Páscoa,
escolho então falar
ainda que de modo singular,
de um dos maiores eventos do cristianismo.
Sabemos que, desde a antiguidade,
essa data já existia também,
com outros significados,
entretanto, ficarei com o que me parece mais verdadeiro,
o que nos remete à ressurreição,
no seu mais amplo sentido.

Hoje, mais do que nunca,
precisamos ressignificar o momento Pascal.
Que ele represente verdadeiramente
a passagem para um mundo
de renovadas esperanças.

Que sejamos literalmente vacinados
e que esse antídoto simbolize
a libertação de todos os nossos males.

Que nossos líderes
sejam inspirados pelo
maior exemplo de fraterna liderança.
Que o amor seja a melhor arma
e que, a exemplo de Jesus,
a humildade e a sabedoria
guiem todas as ações.

MATEMÁTICAS

Não importa quanto tempo passe,
o aprendizado é permanente,
pois a vida ensina
a cada nova vivência.

Podemos aprender pela dor
ou pelo amor,
com os tropeços
ou com as vitórias.
O que importa é que tudo
que vem tem um propósito
e tudo se vai por alguma razão.
Parecem chavões,
repetidas frases que falam verdades bem observadas,
por vezes bem ignoradas.

Os anos somam e subtraem,
dividem e multiplicam
ao mesmo tempo.
E nessa matemática existencial vamos vivendo,
decidindo qual operação iremos usar a fim
de obtermos resultados positivos ou negativos.

E é somente quando nos permitimos ser esculpidos,
aperfeiçoados pelas nossas experiências,
que vamos nos tornando
mais polidos, mais seletivos
e literalmente mais sábios…

BENDITOS INTENSIVISTAS

Tem uma legião
ou uma tropa naquelas salas cinzentas.
De longe, não consigo ver direito.
Pelos vultos, parecem-me asas,
ou seriam sombras atrás deles?
Tento ouvi-los para me certificar,
mas os sons se confundem.
Ouço marchas…
Ouvi alguém falar em vencer essa batalha.
Seriam soldados?
Entretanto, não vi arma nenhuma,
a não ser lutadores.
Escutei alguém orando,
um coro baixinho,
vultos brancos.
Seriam anjos?

Se forem soldados, estão
vestidos de anjos,
e se forem anjos,
estão lutando igual soldados!

Aproximo-me e vejo leitos…
muitos leitos.
Ouço gemidos, suspiros,
correria, soluços…
E eles ali, firmes!
Não consigo identificar…
São anjos
ou seriam soldados?
Estão nas cabeceiras,
seguram mãos,
ajustam aparelhos esquisitos.

Se forem soldados,
estranhei a farda,
toda branca.
Se forem anjos,

estranhei as fileiras,
lado a lado,
uns apoiando os outros.

Tento entrar e sou impedida.
Gentilmente me pedem
para me retirar,
e com firmeza
imploram que ajudemos,
que nos unamos para vencer
um inimigo invisível.

Falaram-me ligeiramente
do cansaço e da autopiedade.
Orientaram-me sobre cuidados
e me mostraram a saída.
Fui embora sem ver a face
desses benditos heróis.
Vi apenas seus olhos marejados de lágrimas contidas,
vozes embargadas
e olheiras que contavam
sobre sua árdua luta.

Tive a certeza de que eram
seres muito especiais,
divinamente revestidos
de fé e muita coragem.
Vi amor e empatia
na brancura daquelas
vestes ou fardas...
ainda não sei.
Não importa!
Sei apenas que os bendigo
e agradeço infinitamente
pelo que estão fazendo,
no silencioso ritual
desse calvário
que parece não ter fim!

INVERNIAS DA VIDA

Estou falando de galhos secos,
de folhas largadas
e troncos retorcidos.
Estou falando de caules ressecados,
de flores murchas
forrando o chão.
Estou falando de paisagens desbotadas,
de nuvens espessas
apontando horizontes.

Estou falando de um
tempo de seca,
de pernas cansadas
e braços cruzados.
Estou falando de
um jeito manso,
das coisas que junto
e nem sempre rejunto.

Falo de perenes arbustos,
de eternas sementes
jogadas ao solo,
sopradas aos ventos,
coladas no tempo.
Um tempo de frio,
de noites geladas,
longas estadas
e esperas cansadas
das invernias da vida.

SOBRE ESTAR PERTO

Há um fio de clareza
dominante nesta hora,
mostrando algo maior acontecendo.
Por mais que haja um
amontoado de sentimentos
se misturando dentro de mim,
conflitantes pensamentos
se debatendo sob a ínfima
orientação da minha razão.

O que me domina nesta hora
talvez eu chame de dormência.
Parece que fui anestesiada,
que de calmante fui dopada.
Parece que fiquei ausente
de tanta presença
que me exigi.

Nada do que se passa
me tira desse falso equilíbrio
que me domina por inteiro.
Fico pensando se é para
me sentir capaz
ou para me poupar,
se é para eu ser plena
ou me emprestar apenas
ao imprescindível agir.

Nesse lento passar das horas,
não me pertenço,
estou entregue ao que me cerca
e ao que meu discernimento alcança.
Encontro-me agora serenamente
onde escolhi estar,
bem perto de quem
tanto se doou,
de quem de tanto andar,
tropeçou até cair!

Em 23 de abril de 2021, com minha mãe de 89 anos recuperando-se da cirurgia no fêmur, após uma queda que sofreu.

INIMIGO OCULTO

Bateram na minha porta.
Desavisada, abri.
Era o mesmo desconhecido
que rondava a vizinhança.
Não tive tempo de afastá-lo,
nem o impedir de adentrar.

Foi tomando conta da casa,
como se dono de tudo fosse.
Foi invadindo meus aposentos,
e sem piedade,
atirou-me ao leito.
Ficou ali por dias a contemplar-me,
satisfeito com cada reação
que sua incômoda presença provocava.

Resignada, mas não vencida,
tornei-o mais oculto ainda.
Fingi que não existia,
tomada de toda força que possuía.
Tornei-me surda aos seus destrutivos apelos,
tornei-me cega ao fim que me mostrava,
quase insensível à dor
que me fazia sentir.

Por fim, quase sem fôlego,
fragilizada, levantei-me,
e decidida, fui apontando-lhe
a porta da saída.
Cabisbaixo, frustrado,
saiu tropeçando na própria derrota, e o vi, então,
já mais aliviada,
tombar ao chão,
bem longe da minha porta.

Para uma amiga que neste momento luta bravamente contra o covid-19 .

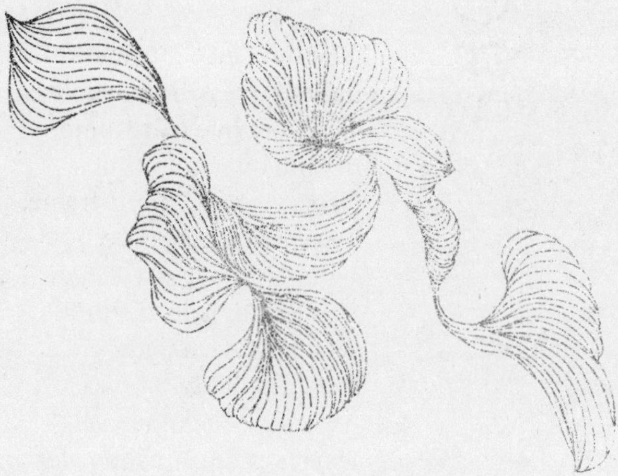

PROTEÇÃO

Escapo sempre por pouco
toda vez que me desequilibro.
Pura sorte ou merecimento,
já não sei o que me protege.
Quando penso que despenco,
algo vem e me socorre.
Quando estou quase
sem fôlego,
vem uma brisa, e então respiro.

Tem uma mao que me conduz,
mesmo que não a busque.
Tem hora que não a sinto,
mesmo quando me toca.
Não a vejo em minha frente,
mesmo que me acene.

Sigo descuidada, distraída,
sem pensar em pedir nada,
apesar de saber
o quanto sou vulnerável.
Dou-me conta quando alerta,
enxergo o que me rondou.
Toco-me quando sinto que
outra vez eu fui curada.
Conforta-me então saber
que mais uma vez fui protegida.

Começo a questionar,
a me perguntar por que
ignoro tamanha proteção.
Vejo-me então orando
com imensa devoção.
A Deus entregando minha vida,
meu coração,
arrependida por tanta ingratidão!

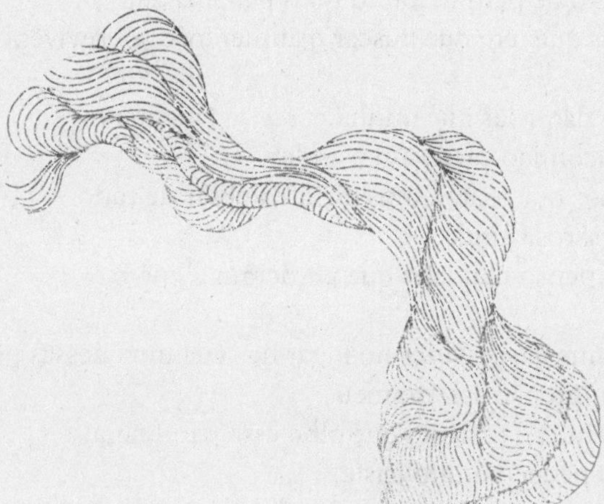

SÓ PENSANDO

Nessa clausura tem de tudo.
Tem um tempo em que silencio
amedrontada, tem outro que esbravejo.
Tem momentos de pura paz,
outros de puro *stress.*

Momentos em que penso em desistir desse cuidado relativo,
e voltar para o mundo que, apesar de tudo, ainda existe.

Penso nas pessoas que me cercam,
nas que estão no enfrentamento,
nas que dividem espaços mínimos,
naqueles que, de um dia para o outro,
viraram professores dos próprios filhos.
Não deixo de pensar, muito mais penalizada,
naquelas que têm que buscar o alimento, a sobrevivência.

Lembro daquelas que minha parceria faz diferença,
das que comigo carregam o andor.
Penso nos que tentam nos dirigir, apesar de tudo.
Mais pesarosa ainda,
quando penso naqueles que perderam alguém.

Coloco-me várias vezes no lugar de cada uma dessas pessoas,
procurando não sair do meu.
Enfim, em cada ângulo que olho essa pandemia,
vejo um pedaço muito triste.
Analiso para encontrar uma melhor visão,
uma que possa me fazer
pelo menos
não lastimar tanto.

Penso muito enquanto estou aqui,
pois tempo é o que mais tenho hoje.
Concluo meus repetidos pensamentos,
como na velha frase "Nada é por acaso"!
E se não for por acaso,
há de existir um propósito,
uma razão bem maior.
Sigo assim, por ora,
só pensando
qual será essa razão…

MAIS UM DIA

Anoiteceu mais uma vez.
Levei para a cama o fardo
de mais um dia.
Já se passaram alguns,
não contei direito,
pois seguem quase iguais.

Amanheceu outra vez,
e o sol bateu na minha janela
trazendo a energia que preciso
para reiniciar essa rotina,
com a qual aos poucos
vou me adaptando.

Andei seguindo os passos
de ontem,
o trajeto era curto
e decorei rapidamente.
Procurei alguma novidade,
algo mais para me entreter
e preencher esse tempo
que faz que passa,
mas não passa.

Tento entender a razão
desse confinamento
em que me encontro.
Passo o dia escutando
repetidas informações,
algumas bem fundadas,
outras completamente truncadas.

A cada anoitecer
me dou conta de que ganhei mais um dia,
sem o susto do fantasma,
sem a dor daquele que o viu,
sem o pesar de quem assistiu.

Sou grata por tudo,
até pelo instante
que me permite esse
silencioso pensar,
quando enfim chegou meu adormecer…

E DEPOIS?

me dizem para ter calma
me pedem para aguentar

me falam pra ter paciência
dizendo que isso vai passar

com certeza vai
só ninguém me fala
como tudo vai ficar

PELAS PRIMAVERAS

Faz frio…
ouço o vento.
Sei que ele sacode muito mais que meus pensamentos.

Vejo nuvens atropeladas
perdendo-se ao longe,
no cinzento infinito.
Acompanho o despencar das folhas
e o balanço das árvores.
Observo as pétalas caindo
das poucas flores que ainda restam.
Elas me fazem lembrar de uma primavera distante…

Me dou conta
de que é pensando nela
que enfrento os ventos.
É pensando no novo brotar que aceito as folhas no chão.
É lembrando o perfume dos jardins
e o colorido das paisagens
que encontro coragem para suportar as ventanias
e atravessar os invernos de cada dia…

INSANOS

Todos temos um belo dia,
numa lua ou estação,
um instante de ausências,
disparates ou insanidades.
Vivemos isso um pouco,
num segundo ou meia fração.

Muitos nem reconhecem
ou se deixam segregar.
Mas temos de algum modo
alguma dose dessa viagem,
onde incontidos nos rendemos
à voracidade dessa passagem.
São transes que nos invadem,
que não pedem e se deleitam.
Às vezes nem deixam marcas,
e se vão, inutilmente.

São loucos devaneios,
ocupando espaço fragilizado.
Podem ser devastadores
ou até restauradores,
podem debilmente calar
ou sutilmente desatar,
alguma louca verdade.

São momentos impensados
que nos envolvem sem querer,
não levam o que trouxeram,
nem devolvem o que tiraram.
Se vão como chegaram,
num repente inesperado!

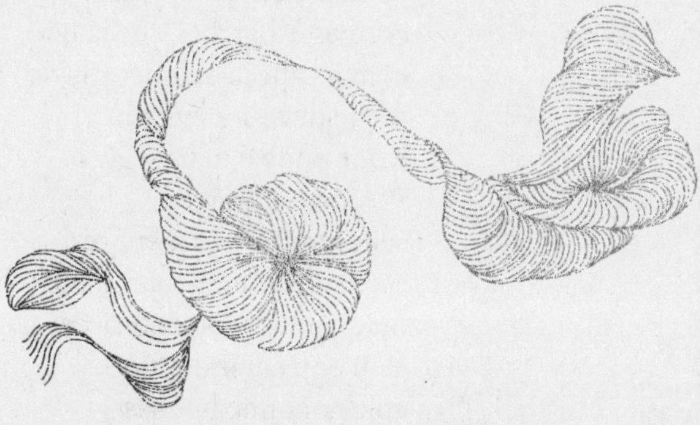

LABIRINTOS

Vou vagando por entre espaços,
no vazio que encontro entre
um obstáculo e outro.
Esquivo-me deles,
sem tocá-los
enquanto ando em frente.

Observo o caminho por onde,
com cuidado, vou circulando,
vejo o que desviei,
o que devo contornar
e o que ainda terei de me livrar.

Com a atenção de quem aprendeu
com os esbarrões que já deu,
com a cabeça de quem sabe
o que deve ser evitado
e por onde é mais seguro.
Percorro o trajeto
sem ignorar pormenores,
sem subestimar solavancos
ou qualquer intempérie.
Vou enfrentando tudo,
colecionando apenas
o que não pesa,
o que inspira
e o que me move.

Faço de cada pedra que me fez tropeçar
os degraus de uma longa escadaria.
Ela me levará mais além,
para bem do alto
poder ver por onde já passei
e o que já venci.
Avisto também um longo
e sinuoso caminho,
sem saídas evidentes,
por onde ainda andarei.

Todavia, contarei
com as experiências,
com as vivências
e toda proteção
que eu possa ter,
para ir adiante,
prosseguindo firme
até o final dessa longa
e grata jornada!

LONGE DA ESCOLA

Estávamos minha neta e eu
num dos momentos de aulas em casa.
Ela aos sete anos,
vivendo a pandemia
longe da escola.
Esse fato me levou a refletir sobre as crianças que,
como ela,
foram privadas desse mundo tão envolvente.

Quem poderia imaginar um desfecho desses,
em que pais, avós ou outrem
se sentam buscando preencher essa lacuna,
suprir essa ausência,
com esmerado esforço
nem sempre bem-sucedido.

Que lembranças ficarão nos "alunos" sobre essas vivências,
sobre o acompanhamento das tarefas recebidas,
desempenhadas no seio do ambiente familiar?
Como se dará esse aprendizado em bancos tão diferentes,
em salas tão diversas e recintos tão peculiares?

Questionei-me sobre o quanto será produtivo o cumprimento
das tarefas assim,
em meio ao coronavírus,
ao barulho da batedeira na cozinha,
ao som do desenho animado que o irmãozinho caçula assiste,
ao telefone que toca,
enfim, muito distante
da realidade escolar.

Fiquei pensando,
quantas crianças estão precisando de mais recurso,
mais apoio ou simplesmente mais silêncio
ou quem sabe mais paciência de quem está ensinando-os agora.

De qualquer modo, ficaremos marcados para sempre,
pelos desafios enfrentados juntos nessa conturbada convivência,
nessa tentativa de sermos muito mais que família,
com tarefas e rotinas
forçosamente adaptadas.

Enfim, torço para que amanhã não tenhamos que lamentar por muito mais,
muito mais que essa triste pandemia.

DESABAFOS

Entristece-me saber
de tantas coisas.
Saber da desigualdade
que a pandemia sobrepujou,
das criaturas que esse caos soterrou
e das mais variadas
formas de separações que
esse momento protagonizou.

São desabafos
sobre lágrimas incontidas,
ligando-nos de norte a sul,
de leste a oeste,
de um continente a outro,
num mesmo mundo
hoje cruel
e ironicamente unidos.

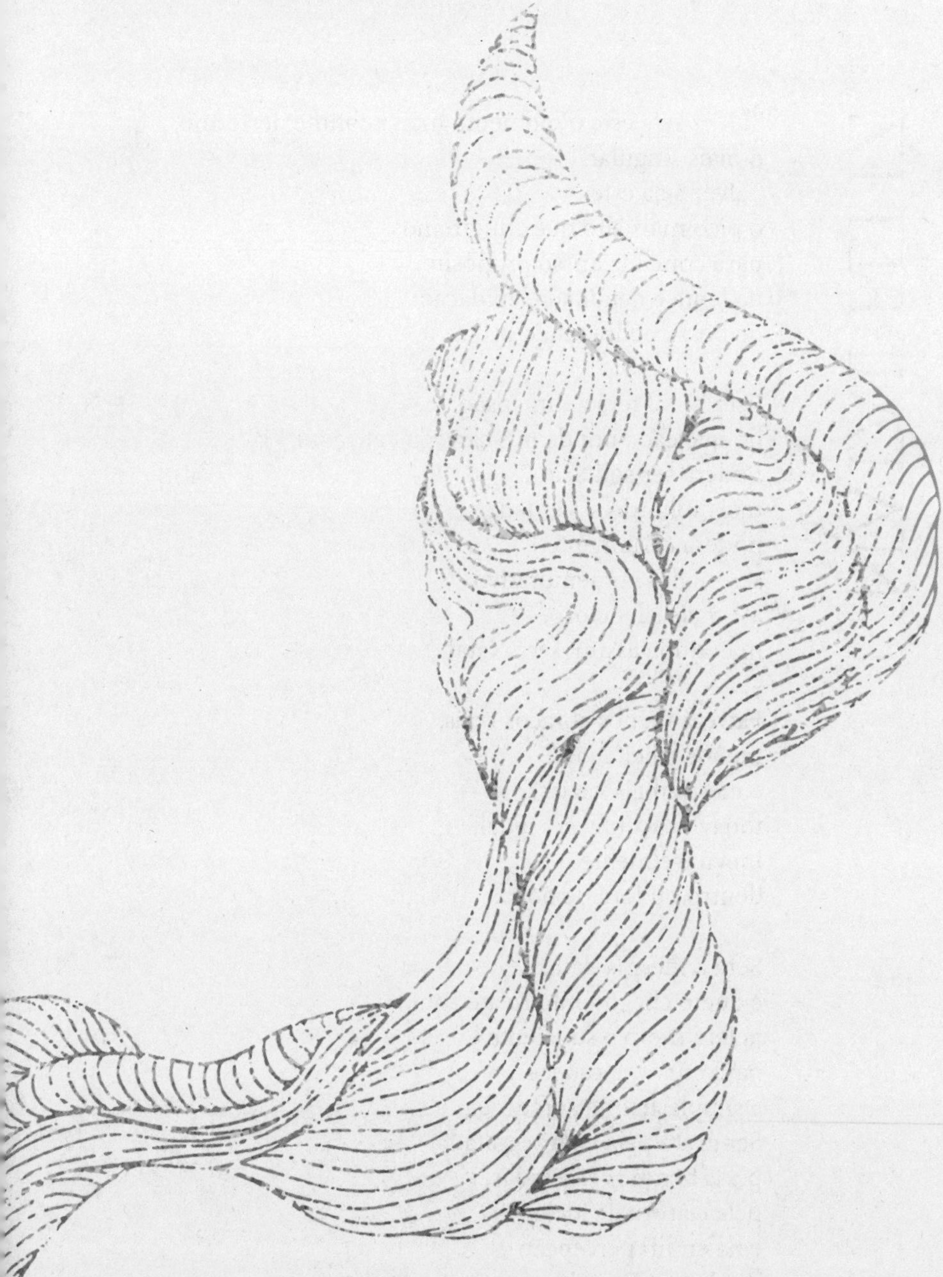

NATAL FELIZ

Talvez seja este o momento mais sublime deste ano,
o mais singular.
Talvez seja este
o pico mais alto que atingiremos
para concluir nosso propósito,
na lenta e detalhada lapidação
de nossa pedra ainda bruta.

Este Natal terá a dimensão
do que cada um de nós carregou até aqui.
Poderá ser solitário…
mais solitário, é verdade…
poderá certamente
ser menos comemorativo,
até mais silencioso,
mas ainda assim, será Natal.

Haverá menos abraços reais,
menos felicitações,
e mesas mais vazias,
todavia, acontecerá igual,
inevitavelmente,
dentro ou fora de nós.

Será a mesma data,
e quem chegou inteiro até aqui,
já terá motivo suficiente
para curvar a cabeça
e simplesmente agradecer.
Ser grato pela vida resgatada,
pelas bênçãos recebidas,
pela clareza de ideias
e na enfim percepção
dos legítimos valores.

Agradecer o que conseguimos ser,
o que brotar do íntimo
e vier à tona,
ainda que provoque lágrimas,
e assim, com toda emoção
e resgatada sabedoria,
poder reconhecer
o que ainda é um Feliz Natal!

ENTRE REZAS

Eu tenho,
aonde quer que vá,
um cantinho para orar.
Instalo-me onde a vida me leva,
e sempre em algum lugar,
monto um pequeno altar.
E em cada um deles,
encontro a mesma paz,
o mesmo guia,
o mesmo Deus.

No passar desse tempo que me arrasta,
às vezes inquieta e angustiada,
procuro nas imagens
da singela capelinha
o conforto que me acalma.
Os dias passam e sigo assim,
entre altos e baixos,
entre rezas e entregas.

É na intensidade
de cada um desses momentos,
no silêncio de cada cantinho,
que a esperança renasce.
Diante dos pequenos altares,
onde a vida me faz ajoelhar
e a fé me faz levantar,
é ali que me refaço no dia a dia,
durante essa longa e inexplicável espera!

VULNERABILIDADES

Ando pensando muito
sobre quão vulneráveis somos.
Compreendo agora,
mais do que nunca,
o quanto somos frágeis,
suscetíveis a tudo.

Por mais que tenhamos
a proteção divina,
por mais que respeitemos
as leis de nossa ínfima natureza,
estamos sempre à mercê de tudo,
literalmente tudo.

A cada novo dia,
correm notícias sobre
casos e acasos,
sobre graças e desgraças,
sobre curas e perdas.
Estamos nesse mundo só de passagem,
carregando nossos fardos, sós ou não,
dignamente corajosos
ou fragilmente entregues
a pertinentes lamúrias.

Nosso olhar,
às vezes pesaroso,
às vezes iluminado,
verá o que teremos em cada momento de nossas vidas.
Somos exatamente iguais,
e entregamos o que somos.
Não importa se uns
demoram mais,
outros menos,
para entender que a fraqueza faz parte de nós,
presente a cada novo amanhã…
Obviamente,
enquanto ainda o tivermos!

COMO SERÁ?

Quando dei por mim,
havia uma parede branca
na minha frente
e outra atrás de mim.
Vi que, definitivas,
elas trancavam minha passagem
ou meu regresso.
Será assim?

Nada vejo além delas,
não posso passar por elas,
nem existe outra saída.
Estou enfim entre paredes.
Quero sair, voltar, continuar!
Será assim?

Acho que exatamente
é a hora em que se morre,
que deste mundo se parte.
É o exato momento
em que, literalmente,
chega-se ao fim.
Será assim?

CONSCIÊNCIA

Esta não é uma noite qualquer.
Ela trouxe, na sua escuridão,
a clareza do pensamento,
trouxe, no seu silêncio,
um grito de verdades.

Tudo parece claro agora,
tudo parece tão libertador.
A certeza de que o valor que damos a tudo
nos traz de volta em julgamentos.
Coloca-nos ao lado do outro,
coloca-nos no lugar do outro.

Ter a consciência de que o que se faz
pode vir de volta,
que todo plantio reverte em colheita,
seja ela qual for.
É um primeiro passo guiando
pensamentos versus ações.
Isso diz muito de nós mesmos,
diz tudo sobre atitudes e suas consequências.
Consciência tem a ver
com conhecimento de si mesmo,
com discernimento,
com estar ciente,
com ter a exata noção
sobre...
sobre tudo o que se deve ser,
sobre ter, sobre enxergar além,
como agora,
neste momento em que a escuridão
me trouxe essa clareza.

IMPOSSÍVEL

Paro na porta da minha casa
e fico olhando para fora.

Tem tanta coisa acontecendo,
e eu fico sem saber se saio
e me misturo nisso tudo
ou me volto,
tranco a porta
e me fecho,
ignorando o mundo.

Seria possível?

CONVERSA COM DEUS

Senhor,
no silêncio desta noite,
queria te perguntar algumas coisas
e desabafar um pouco.
Pode me ouvir?
Para começar,
pode me dizer quando foi que tomamos esse caminho
que nos levou a tantos desatinos?

Quantos atalhos equivocados pegamos para nos
perdermos tanto?
Diga-me, por que ficamos surdos, indiferentes aos
nossos próprios lamentos?
Quais conceitos ofuscaram nossa razão e
confundiram nossa consciência?

Fomos surpreendidos
quando todos,
de diferentes nações,
de ideais tão diversos,
de anseios tão controversos,
andávamos feito autômatos,
perambulando pelo mundo.

Quanto mais os dias passam,
mais percebo o quanto precisávamos parar.
Não havia mais discernimento,
nem limites, nem valores,
estávamos desviados da rota,
que há milênios nos mostraste.
Por que permitiste andarmos às cegas,
distorcendo verdades e longe da tua luz?

Orienta-nos de novo, Senhor!
Esteja conosco capitaneando nossas ações,
inspirando nossas novas versões e, sobretudo
neste momento,
pacificando nossos
amargurados corações.
Boa noite, Senhor!

PANDEMIA

Há um tempo,
ouvi passos aproximando-se
da minha casa.
Tive um mau pressentimento,
um medo de olhar para fora
e ver quem estava rondando.
Chegaram e bateram!
As batidas eram firmes,
um toque que não aceitava recusas,
nem indiferença.
Hesitei um pouco,
respirei fundo e tive que abrir.

O que encontrei ali,
na entrada principal da minha tranquila morada,
foi algo que fez mudar tudo.
Meu modo de pensar,
minha rotina, meus hábitos
e até meu paradeiro.

Hoje, lembro daquele dia
e me sinto como se não tivesse
acordado de algum sonho,
como se estivesse vivendo
uma espécie de aventura,
um drama ou então
como se estivesse assistindo
a algum desses gêneros,
num filme de longa-metragem.

Parece uma dessas séries
que se arrastam em episódios
intermináveis e enfadonhos,
em que fico ansiosa
querendo ver o fim.
Parece que me sentei para assistir
e esqueci de me levantar
para um intervalo, um café, um tempo.

Estou aqui torcendo
que o sonho acabe,
que o filme mude o roteiro,
que a série traga uma nova
e surpreendente temporada.
Melhor ainda,
que da próxima vez,
eu saiba tudo
e me prepare antes de pensar em abrir
a porta da minha casa.

ACORDA, MENINA!

O que presenciei hoje
me deixou consternada.
Vi que sempre tem situações
bem piores que as
que estamos vivendo.
Vi o quão urgente é
valorizarmos nosso
momento presente.

Testemunhei o amor
de um homem pela esposa
enferma há meses.
Deitou-se ao lado dela
no estreito leito em que se
encontrava e a envolveu
com seu braço forte.
Enquanto ela chorava de dor,
ele a abraçava e consolava,
enquanto eu, impotente,
em silêncio
os observava.

Em outra situação,
do alto de uma janela, escutei
uma criança aos gritos
pedindo para ser levada
para a sua casa.
Isso durou intermináveis
minutos, que me
pareceram horas.
Esse fato também tocou
meu coração, comoveu-me
ao ponto de me fazer debruçar
no parapeito, tentando saber
de onde vinha aquele
pranto tão suplicante.

Em um único dia,
duas situações lamentáveis.
Não citarei outras tantas
que estão acontecendo
ao meu redor,
não teria espaço para tanto.
Refleti muito sobre isso tudo,
sobre o quanto vivemos
sem nos darmos conta
do quanto somos abençoados,
do quanto temos nas mínimas
e significativas coisas no nosso dia a dia.

Fiz essa reflexão
como quem recebe
um puxão de orelha,
um "acorda, menina",
um toque leve e certeiro,
fazendo a ficha cair.

É preciso valorizar cada minuto sem dor,
cada alimento saboreado,
cada passo, cada abraço.
São tantas manhãs de sol,
tantas noites calmas,
sem sobressaltos.
Enfim, são tantas as benesses
que vamos nos acostumando
com a vida repleta delas,
e só nos damos conta disso
quando algo nos falta
ou quando nos deparamos,
e quando sinceramente lamentamos, o
sofrimento alheio.

ABNEGAÇÃO

Depois de tanto assistir,
depois de tanto saber,
acompanhando ações
e conhecendo seus valores,
hoje sei mais sobre eles.
Hoje valorizo de verdade
a quem pouco ouvíamos falar.

Eles estão lá, nas cabeceiras,
nos corredores frios,
nas longas madrugadas.
Enquanto aqui fora assistimos,
lá dentro tudo acontece...

Falo das unidades de tratamento intensivo,
só daquelas cujos profissionais dedicam seus cuidados
muito além dos procedimentos essenciais.
Falo daqueles que tratam
a alma junto,
que cuidam da autoestima
dos seus pacientes
e a todo instante,
com suas mãos afetuosas
e suas caridosas ações,
passam-lhes esperanças
sobre a vida que os espera fora dali,
longe de seus ternos e anônimos cuidados!

26/05/21- Texto inspirado ao ver a foto de uma das pacientes com unhas vermelhas e saber que, nas equipes de intensivistas, tem gente que cuida da unha, do cabelo, da barba e de tudo que possa elevar a autoestima dos seus pacientes. Eterna gratidão a eles!

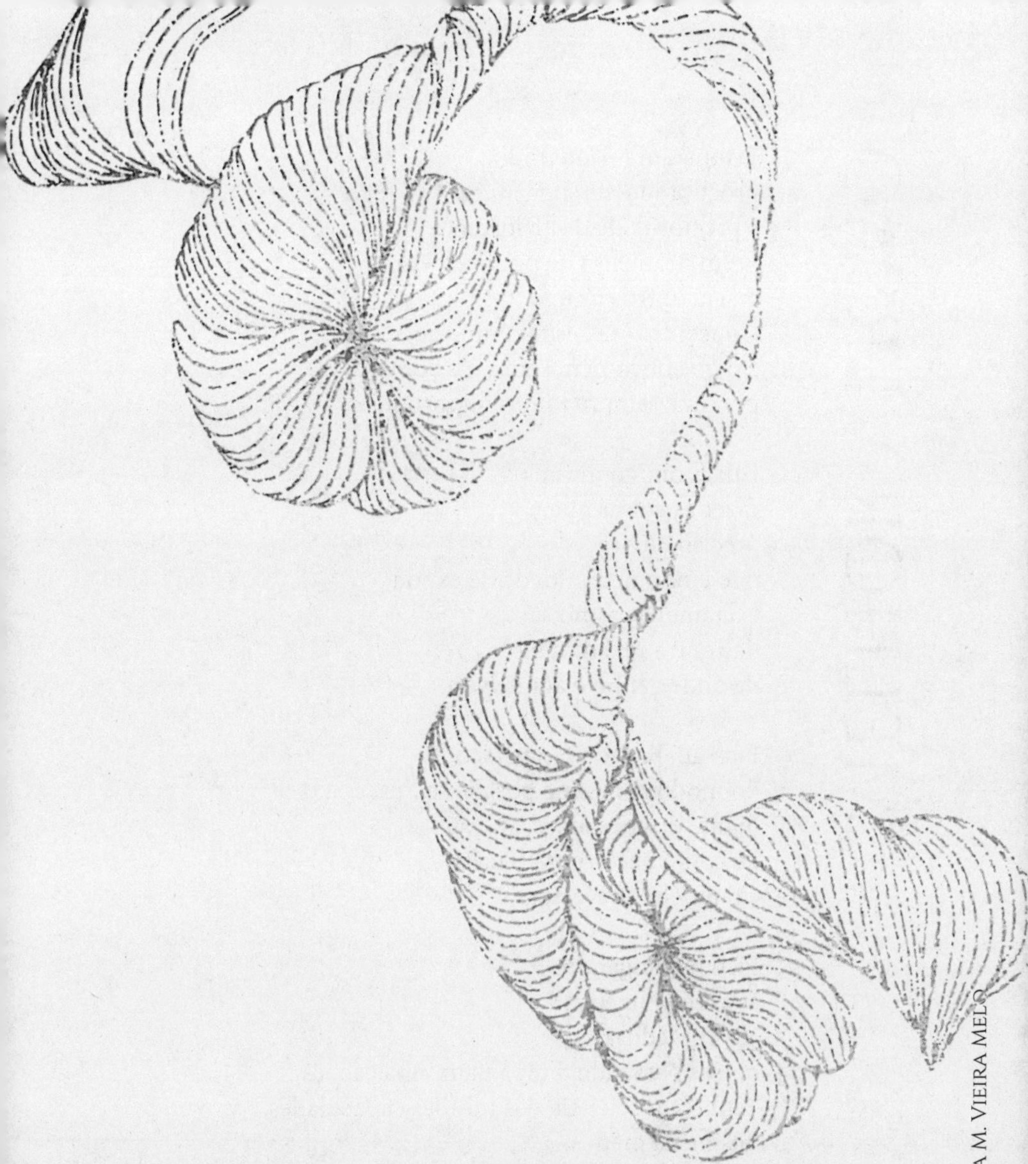

MELHOR VERSÃO

Estou aqui me ouvindo,
procurando entender
a preciosidade deste instante.
É um momento de pura entrega,
de encontro comigo.
Concentro-me, escutando-me,
e o que ouço nem sempre é bom,
porém é sempre muito importante.

Falar comigo mesma,
dizer as coisas que
preciso ouvir,
que tenho necessidade de expor,
exatamente como são,
dão-me a real dimensão
de onde venho e aonde vou.

Fico analisando o que faço,
do modo como me posiciono
diante dos desafios,
de como encaro meus erros
e também os acertos.

Fico me julgando,
às vezes exigente,
até impiedosa,
outras passando a mão na minha cabeça.
Tenho consciência das minhas capacidades,
dos meus medos,
entendo minhas limitações
e relevo minhas inseguranças.

No meu silêncio posso
ouvir algum lamento,
alguma reclamação,
mas me alegro escutando também,
o som das palmas que às vezes
bato para mim mesma.

Venci tanta coisa,
superei tantos desafios,
pulei incontáveis obstáculos
para chegar aonde cheguei.
Ouço atenta a voz que me elogia,
dizendo que me compreende,
que me aceita como sou,
bem como me vejo.
Valorizo o ser humano que me tornei,
que cresceu,
evoluiu e se encontrou.

Então me compreendo!
Sou eu mesma,
sendo minha melhor versão!

DESIGUALDADES

Peguei um cobertor
e me sentei toda encolhida
no canto mais confortável que havia.
Encontrava-me protegida
debaixo de um teto seguro,
e despida de qualquer pensamento.

Este meu estado de prostração,
me levou a refletir sobre o momento que eu
e todo mundo estamos vivendo.
Queria entender de onde
vinha essa onda de inquietude.

Dei-me conta das diferenças,
dos cuidados, dos abrigos…
e isso me incomodou.
Enquanto eu estava ali, protegida,
outros tantos estavam à mercê de tudo.
Lamentei as desigualdades
e toda a injustiça que esse momento intensificou.

Orei pelos que se abateram
e especialmente por mim.
Pedi para eu ter sempre
presente algum senso
de justiça e fraternidade,
que me leve a ver sempre
além de mim mesma.

MENOS FALAÇÃO

Se fosse falar do maior sentimento,
daquele que move almas,
que as faz viajar juntas,
daquele que junta olhares,
que une as mãos,
e enternece corações...
falaria por muito tempo!

E se fosse falar sobre esse
mesmo sentimento,
de quando ele vai muito
além de quatro paredes,
sai porta afora em busca de mais almas,
muito mais corações,
unindo mãos e
juntando ações no fraterno agir solidário...
falaria muito mais!

E se fosse buscar
muito além da minha fala,
além do que posso expressar,
se saísse das teorias,
abandonasse utopias
e me engajasse no agir,
quantos mais inspiraria?

Penso que precisamos
olhar os exemplos que temos,
inspirarmo-nos nas irmãs Dulces da vida
e tantos outros,
inclusive ao nosso redor...

E então,
contagiados e engajados,
saíssemos por aí,
para muito além do amor

enquanto sentimento,
palavra bonita,
muito falada
porém pouco vivenciada,
quase nada partilhada...
perto do tanto que ainda falta!

RECLUSÃO E CONVERSÃO

Foi dado o toque de recolher!
O momento é de reclusão,
a ordem é se encolher,
proteger-se e, se possível, tentar entender.

Ninguém sabe ao certo,
de onde veio essa ameaça,
embora saibamos sua trajetória.
Surgiu feito fumaça
longínqua e silenciosa,
e aos poucos foi se espalhando.

Essa névoa que agora
cobre a humanidade,
trouxe junto um recado.
Ontem pedia-se tanto para caminharmos de mãos dadas,
darmos abraço fraterno,
ficarmos mais perto,
convivermos mais…
Hoje a recomendação é outra:
Afaste-se de tudo,
feche-se,
proteja a si e aos outros com sua ausência.
Fomos forçados
a permanecer em casa
e abandonar tudo o que justamente nos tirava de casa.

O momento é de reflexão,
de introspeção,
de conversão…
Essa dor que é de todos,
fatalmente nos aproxima,
impiedosamente nos ensina
e finalmente nos torna mais irmãos.

LIVRE-ARBÍTRIO

Quando me detenho diante
de algum noticiário,
percebo nas falas soltas
muito do que não quero saber.

As notícias que escuto,
catadas mundo afora,
tratam de muitos fatos.

Lastimo nos informarem textualmente,
muito mais sobre disputas sem sentido,
valores controvertidos,
desconstruções de toda ordem.
Vêm geralmente
de fontes gananciosas e prepotentes
que buscam ocupar o topo,
ignorando o preço imposto a nós,
meros telespectadores.

Não obstante,
torna-se imprescindível selecionar nossa escuta,
pois temos a opção de trocar,
deletar ou simplesmente calar.

Saio da sala sem saber
se o que assisti me acrescentou algo
ou apenas mostrou mais uma vez
que nem toda informação
deve nosso espaço sagrado invadir...
Então questiono
até que ponto devemos continuar passivos
aceitando o inaceitável?

SAPIÊNCIA

Saber que posso andar,
que de minha boca
saem palavras,
que meus ouvidos escutam,
que meus olhos veem,
que meu coração sente…
consiste na maior graça
que podemos receber.

Somente quando apenas um desses sentidos nos falta,
nos damos conta do quanto somos agraciados.
Poder ouvir,
poder falar,
andar livremente,
enxergar a luz do dia
e sentir o coração batendo…

A cada instante,
cada vez que respiramos,
estamos fazendo uso desses dons,
desses privilégios que nos fazem seres quase perfeitos.

Gratidão todos os dias
e resiliência na caminhada,
(às vezes tão penosa,
outras tão simples,
tão leve…)
e o caminho será só de luz,
cujo facho nos levará adiante…
e sempre,
sempre avante!

O ABRAÇO

Quando a vontade de sucumbir aparece,
quando o pensamento já não se levanta,
quando os olhos já não admiram,
quando o sorriso apagou
e andar já não importa,
eis que chega um abraço!

Daqueles que
devolvem a alma,
que prendem o suspiro,
que fazem brotar lágrimas,
que amolecem o coração.

Nesse infinito instante,
sucumbe de pura emoção,
o pensamento se eleva,
olhos se fecham para eternizar.
O rosto se ilumina num sorriso,
e correr para o abraço
é tudo que mais se quer!

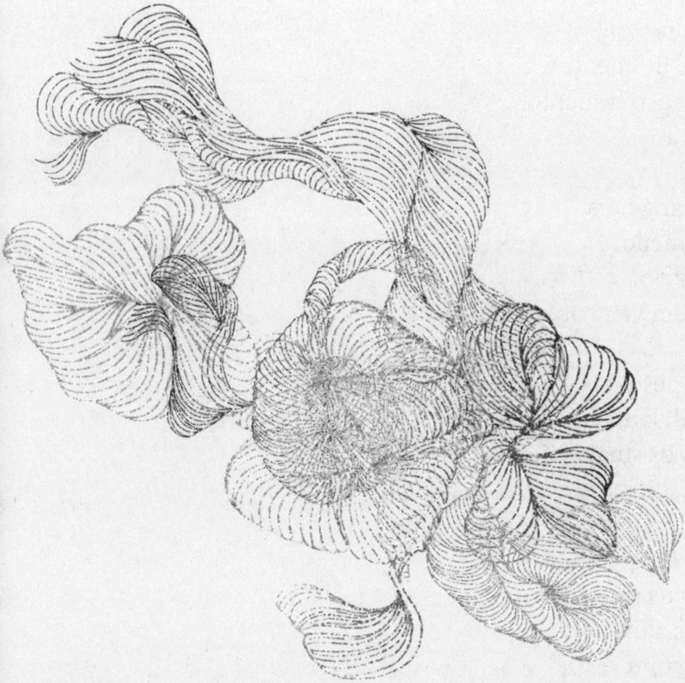

VAI PASSAR

Todos dizem,
todos querem,
todos esperam...
Vai passar!

Tanto tempo,
tantos momentos,
tanto recolhimento...
Vai acabar!

Toda angústia,
todo medo,
todo zelo...
também vão passar.

Toda pesquisa,
toda disputa,
todos os sinais...
vão frutificar!

Toda espera,
todos os reencontros
tantos abraços...
vão acontecer!

Na verdade,
a realidade
vai mostrar...
isso é consequência!

A dura lição,
o penoso aprendizado,
os valores resgatados...
e a resiliência!

Os tombos de alguns,
as dores de tantos,
as perdas de muitos…
Isso não vai passar!

MEU TEMPO

Já andei por longo tempo
nem percebi, fui vivendo.
Visitei muitos lugares,
e vivi tudo a seu tempo!

Descobri riquezas,
preciosidades
sutilmente escondidas
em cada canto,
só esperando… o seu tempo!

Nunca voltei, nem me voltei.
Fui virando as páginas,
absorvendo, sorvendo tudo.
Fui registrando o tempo,
apoderando-me, era o meu.
Vivi cada minuto,
cada dia, cada ano,
cada época que sucedeu.

Fui ganhando meu tempo,
tipo herança,
e fui gastando,
desfrutando,
vivendo.
E viverei…
só no meu tempo!

BEM MAIOR

Foi então que interrompemos,
que não mais impedimos
a vontade de abraçar,
de chegar bem perto
e matar toda saudade.
Foi então que, ainda inseguros,
nos cercamos de todo bem
para enfrentarmos todo mal.

Cremos nesse antídoto,
nesse bem que fortalece,
que seca a lágrima,
que acalma o coração.
Cremos nesse bem maior,
que a vida nos mostra
hoje mais do que nunca,
onde sempre o encontrar.

Ele se embala no
berço da família,
senta na cadeira dos amigos,
habita o lar fraterno
e repousa no leito sagrado,
onde Deus encontra guarida.

TOMARA

Finalmente acabou.
Até que enfim isso passou!
Tanto esperei por esse momento,
tanto almejei ver esse fim.

Porém, agora,
não sei por onde começar,
nem o que tinha para fazer.
Não sei o que pego primeiro,
nem lembro onde parei,
quando larguei, tão bruscamente,
não pensei em demorar tanto.

Pouco reconheço de quem era,
nem o que quero ser agora.
Retorno bem perdida,
encontro-me ainda aturdida,
à procura de um recomeço…

NOVO NORMAL

Fiquei me olhando
parada diante do espelho,
nessa manhã chuvosa.
A imagem que vi não me surpreendeu,
nem causou sentimento ruim.
Era a imagem de uma mulher transparente.
Estava assim, de pijama,
cabelos presos e cara lavada.
Bem assim,
como tenho passado
muitos dos meus dias.

Como quem segue trocando
mais pijamas que vestidos,
mais chinelos que sapatos,
usando mais água termal
do que batom.
Esqueci o salto,
a maquiagem, o *blazer*...

Traduzo como uma espécie de amortecimento,
uma inexplicável calmaria.
É como se estivesse atravessando uma longa ponte,
e lá no final dela, tem uma estrada... Preciso alcançá-la.
Não obstante,
sigo assim adaptada a esse,
como dizem por aí,
novo normal!

REAL VALOR

Sempre me pergunto
onde se encontra a paz.
Já me dei várias respostas
e em todas elas, encontrei um ponto determinante em comum…
nunca a encontrei
fora de mim mesma.

Já a encontrei quando
caminhava no campo,
olhava a lua
ou escutava a natureza.
Já a senti ajoelhada num templo
ou debaixo das árvores.
Já a busquei na imensidão do céu,
na brancura das nuvens,
no perfume das flores,
no silêncio da noite,
na música suave
ou no simples balanço da rede.

Encontro a paz
no abraço dos amigos,
no seio da família,
no sorriso das crianças,
no amor sincero.
Encontro a paz
quando sinto Deus,
quando me dou conta
do quanto sou abençoada.

Sobretudo, encontro a paz
quando consigo ver além das aparências,
quando me entrego às evidências,
quando relevo desavenças,
quando não provoco a dor,
quando olho com benevolência,
quando vivo a empatia...

Concluo que fico plena
e em paz essencialmente
quando consigo dar
o devido valor
ao que não se mede,
não se compra,
e não tem preço!

COPIANDO A VIDA

Só por hoje vou repetir
o que ouvi ou li por aí.
Só por hoje vou ser banal
e sair falando o que já escreveram,
já disseram ou inventaram.

Só por hoje vou dizer
que o momento é crucial,
que o medo está no ar
e em todo lugar,
que o remédio tarda demais,
que a fé já está faltando
e o discurso já está cansando.

Só por hoje
vou citar o sofrimento alheio,
a dor dos caídos,
o cansaço dos bravos heróis
e a angústia dos envolvidos.
Só por hoje não criarei,
vou copiar a vida de agora.

Vou lembrar das promessas
e atitudes vazias,
das disputas insensatas
que atrasam as soluções.
Vou falar da força do poder,
e do poder sem noção.
Falar da noção que temos,
e mesmo sem expressar,
continuamos juntos,
incansáveis a esperar...

AS LIÇÕES

Há tempos me vejo assim,
nessa coisa inexplicável.
Ha tempos cuido de mim,
tentando fugir do impalpável.

Já faz muito, estou cansada
de viver nessa situação,
tanto tempo assim parada
sem um norte para dar razão.

Espero ver alguma ponte
que me leve para o outro lado.
Espero ver um horizonte
mostrando o que foi superado.

GOTA D’ÁGUA

Tem horas que o coração derrama,
sem mesmo saber ao certo
porque assim se manifesta.
Tem momentos que qualquer gota a mais
faz escorrer lágrimas rosto abaixo,
lavando até a alma.

Sem muito entender
por que elas brotam,
olhos ficam marejados
e as palavras nada dizem,
apenas se deixa levar,
desmanchando-se num choro sentido,
numa entrega inexplicável.

E o alívio vem,
a face ainda molhada
aos poucos se refaz.
A mente acalma
e as ideias ainda desbotadas
começam a aparecer.
É hora de ir adiante sem olhar
o lenço que encharcou,
nem o tanto significou…

MARGARIDAS

Quando entro no meu jardim,
paro diante de uma flor…
Ela tem o centro amarelo como o sol,
cercado de pétalas brancas.
Cada uma delas é única
e com o próprio significado.

Contemplo essa imagem
por alguns instantes,
e num impulso, começo
a arrancar suas pétalas…
Tiro a pétala da dor que
não quero sentir.
Solto a pétala do egoísmo
que me diminui.
Arranco a pétala do medo
que me ameaça.

Continuo arrancando
uma por uma…
Tiro a pétala da ilusão
que me confunde.
Solto a pétala do orgulho
que me isola,
a da vaidade
que me põe máscaras.

E uma após outra, foram
ao chão, deixando
somente o miolo,
ainda inteiro,
porém, de cor mais intensa,
igual ao sol que me ilumina,
indestrutível como a força que me mantém,
esperançosa como a luz que me guia.

Sou agora essa flor desfeita,
que, despedaçada, mostrou o centro,
evidenciou onde conserva
toda essência que a faz,
começar tudo outra vez...

EFEMERIDADES

O que eu sei é que tudo passa,
que a água que desce
no riacho e vai embora,
leva inclusive o momento em que foi vista.

Sei que o vento que sopra
e derruba as folhas
sequer sabe da sua força.
Sei que a lua muda de fase,
que outra perspectiva
traz as mesmas noites
e que o sol,
o mesmo sol radiante,
não tem a mesma luz
todos os dias,
nem o mesmo calor.
Sei que cada estrela
conta um conto,
inspira uma poesia
e faz de toda constelação
um grande mistério a desvendar.

Sei que cada minuto
que o relógio marca
não volta mais.
Que cada vez que anoitece,
traz junto uma promessa,
uma esperança no amanhecer.
O sol se fará de toda maneira,
vai clarear de qualquer jeito,
e isso se faz como uma nova
e singular chance
para cada um.

Sei que tudo passa,
renova-se ou se transforma.
Tem esquina pra todo lado,
escolhas a todo instante,
princípios e fins,
encontros e desencontros,
começos e recomeços.

Muitos lamentos
vêm dessa fugacidade,
desse tempo que
tão rapidamente se esvai.
Cada instante não vivido,
cada sentimento não sentido,
são oportunidades perdidas,
que passaram
e não voltam mais.

Para algumas passagens,
muitos lamentos,
para outras, só gratidão.
Dessa vida tão passageira,
todo dia a mesma lição.
Só se vive uma vez,
e o que se tem,
acreditem,
é o único e tão somente
momento presente!

SOBRE AS FALTAS QUE SINTO

Não queria,
mas preciso dizer que sinto muitas faltas.
Sinto a ausência das pessoas com quem convivia,
dos amigos que me cercavam,
do trabalho que me vencia.

Sinto falta de alguma mordomia
e do serviço que alguém prestava,
do espaço que me preenchia,
dos ambientes que frequentava.

Sinto falta da academia,
da rua para caminhar,
do restaurante
e da pizzaria.
Sinto falta das viagens,
dos lugares,
da vida que me exauria.

Sinto falta do horário,
dos compromissos
e das chatices.
Sinto falta da paz
que não mais tinha,
da liberdade que não avaliava.
Sinto falta da falta de tempo,
do controle que pensava ter.

Sinto falta das prioridades
que não elegia,
da leitura que não fiz.
Sinto falta da pressa que vivia,
das coisas que não terminei.

No entanto,
não me falta lucidez
para compreender
o que realmente é sentir falta.
Pondero e reflito,
entre as faltas que "sinto"
do que "tinha" antes
e a falta que "sentia"
do que "tenho" agora.
São bem distintas,
e hoje fazem toda a diferença!

PÁGINA DIFERENTE

Será que posso falar do amor
sem falar do que já vivi?
Posso abrir meu coração
e dizer que já amei,
que amo e que amarei...
condição primordial do ser humano!

Expresso-me
sobre essa minha
vivência que começou
lá na juventude,
em que qualquer gesto dava arrepios,
o olhar falava tudo
e se começava
literalmente do começo.

Ainda lembro da emoção
que cada atitude despertava!
O tempo passou,
como deve passar...
amontoando experiências, recordações, decepções
e grandes realizações.
O amor andou junto,
sempre junto!
Comparo essa caminhada,
com um livro,
em que, dia após dia,
fomos escrevendo as páginas,
registrando ali todos os eventos,
desde o início até agora.
E lá se foram quatro décadas...
mais de quarenta anos
de registros bons,
maravilhosos,
alguns penosos também.

Felizmente,
quando comemoramos,
lembramos só dos bons momentos,
apagamos naturalmente
os que devem ser esquecidos,
afinal...
em todo jardim,
há flores e espinhos.

Mas o bom é que sempre haverá aquele botão de rosa se abrindo,
aquele perfume exalando no ar,
e aí afagamos nossa alma,
registrando só afetos bons,
carinho compartilhado
e dias divididos
ao longo da história.

São esses que nos levam para a frente,
para os dias vindouros,
em busca de paz
e aconchego.
São esses que nos movem
para as superações.

Nas páginas que estamos escrevendo,
haverá essa de hoje,
atualizada,
comemorada assim,
romanticamente,
no isolamento de uma pandemia!

SAUDADES

Sinto tanta saudade...
Saudade do meu dia,
das pessoas que me cercavam,
de olhar da minha janela
e ver a vida normal.

Saudade do meu trabalho,
da minha mesa,
do sorriso da minha cliente,
do bom dia da minha equipe.
Saudades da minha rotina,
de caminhar na rua,
de respirar o mesmo ar
que os outros respiram.
Saudades das reuniões,
dos encontros semanais,
da fruteira da esquina,
de viajar bem acompanhada,
de visitar e receber os amigos.
Saudade de boas notícias,
da liberdade de ir e vir...

Tenho saudade da casa cheia,
das crianças correndo,
do abraço dos filhos.
Só agora, em meio a tudo isso,
podemos mensurar
o quanto tínhamos
e não sabíamos!

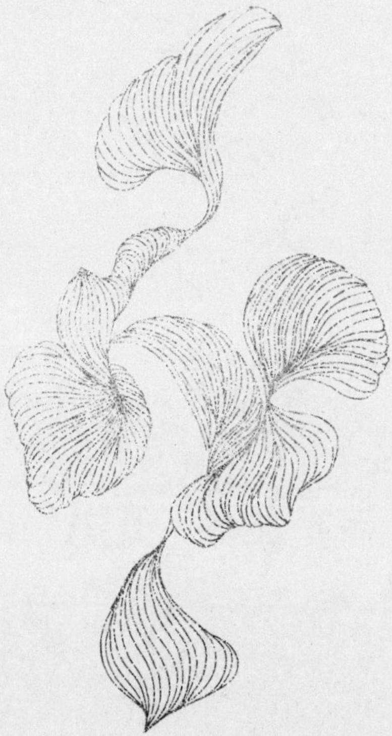

SÓ UMA MÃO

Às vezes,
tudo que precisamos é de uma mão.
Uma mão acenando,
uma mão para apertar,
uma mão para nos ajudar,
guiar,
fazer um carinho.

Uma mão pode nos segurar.
Uma mão tem o poder de abençoar!

ESPELHO D'ÁGUA

Cheguei devagar,
e agachei junto à margem,
tão próxima que pude
ver meu rosto refletido na água,
límpida e turva ao mesmo tempo.
Fiquei assim por instantes,
olhando-me pensativa.

Vi no meu rosto ali refletindo
tudo que literalmente sou.
Na imagem que se distorcia ora mais nítida,
ora mais tênue,
vi-me no dia a dia,
no real,
vi-me na vida.

A água refletia uma imagem
que tremia,
balançava, atenuava,
quase sumia,
porém, mantinha-se ali,
sempre na superfície...

LAMENTOS E PRECES

Quando no silêncio desta clausura
pensamentos vêm me assolar,
entrego-me aos lamentos que, somente com preces,
consigo dissipar.

Peço por todos os indefesos
e desprotegidos,
pelos pequeninos
de pais desorientados.
Peço por todos
os menos favorecidos
no mais amplo sentido,
pelos abastados,
esclarecidos ou não.

Oro neste momento
por todos aqueles
que, neste tempo de tão drástica
e dolorosa humanização,
entregaram-se de corpo e alma,
esquecendo-se de si mesmos.

Peço por todos, enfim,
fragilizados e acometidos,
abençoados e curados,
amedrontados e soterrados,
infelizes e esperançosos,
conscientes e resilientes,
que de Deus tudo esperam
e só com Deus tudo superam!

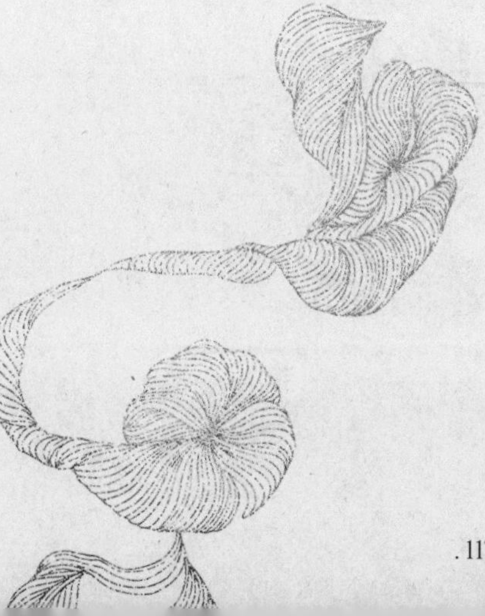

PERCEPÇÃO

Quando parei,
só encontrei o que restava.
Foi com o que recomecei,
e então pude seguir.

Não questionei o que
ali estava,
apenas juntei
e prossegui…
Com o tempo,
percebi que isso era tudo,
tão somente o que
eu realmente precisava!

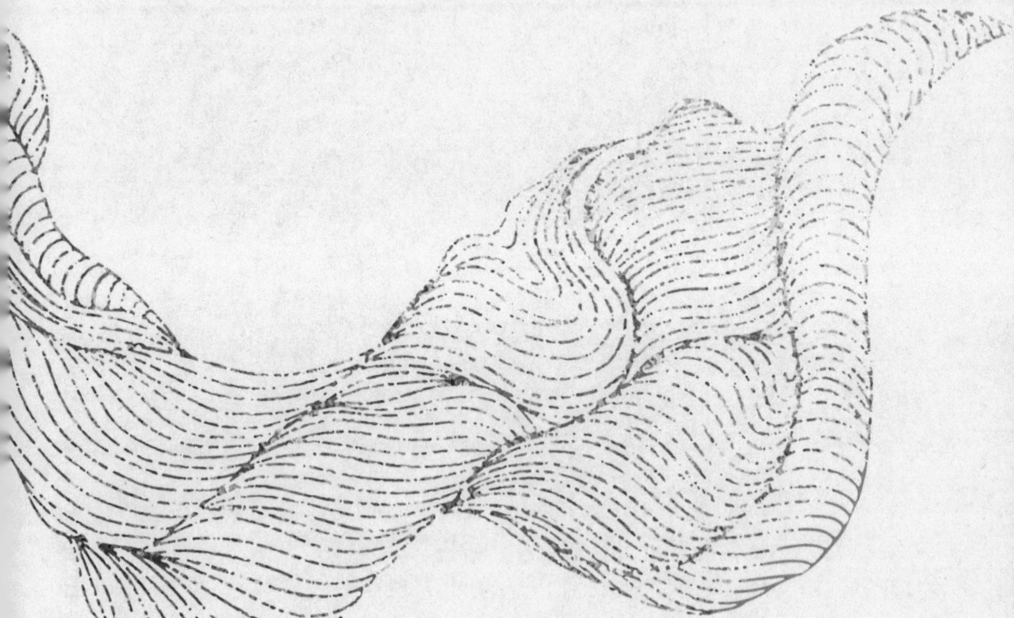

NOVOS TEMPOS

Teremos um réveillon
e um Natal diferentes.
Em ambos, haverá
encontros inusitados,
reflexões mais sinceras,
reuniões distanciadas
e famílias repensando tudo.

Na noite natalina,
o aniversariante talvez,
enfim, seja bem mais lembrado,
talvez receba pedidos extremos,
agradecimentos comoventes
e promessas impagáveis.

Antes, o que mais nos movia
eram os festejos,
os abraços, os brindes,
os trajes nas cores sugeridas,
os destinos escolhidos,
as presenças confirmadas…
(Vale dizer que havia dolorosas exceções.)

Antes, a noite de Natal
era de festa, de música,
de presépios coloridos,
fartas ceias com pratos
e doces alusivos,
árvores ricamente ornadas
e presentes variados envoltos em grandes laços…
(Vale lembrar que havia penosas exceções)

Todavia,
a virada do ano será
um salto no escuro
ou simplesmente uma
questão de tempo…
tempo em que o relógio
marcará a mudança
de uma hora para outra,
de um dia para outro,
de um ano para outro.
Enfim, de um tempo de apreensões
para um tempo de esperanças.

Resta-nos pedir que ele
seja inédito no que
realmente importa.
Que não seja apenas de palavras tão batidas,
conceitos tão revisitados
e de essências tão esquecidas.
Que seja o marco de um novo tempo,
um ano novo de fato,
pleno de novo!

FUGACIDADE

Ausentei-me de tudo,
saí de fininho,
quase ninguém viu.
Fiz de conta que chegava,
na verdade, estava indo.
Chegou minha hora,
precisei partir,
embora desejasse continuar
e minha falta nunca sentissem.

Entretanto,
desde sempre é assim…
A vida se refaz,
dá voltas e, de novo,
em algum momento,
alguém chega,
alguém vai.
Indiferente,
ela segue seu curso sem notar que dali alguém saiu,
que só deixou,
nada levou…

DE JANEIRO A JANEIRO

O mês mal chegou e já está quase no fim.
Longe se vai a galope,
sem tempo para quase nada.
Para onde vai assim,
tão apressado?
Vem cá, janeiro!
Deixa mais tempo
em cada dia,
mais dia para nos dar tempo…

O ano começou
e quase nem notei!
Tudo tão corrido,
tão apressado para chegar
não se sabe onde.
Janeiro entrou pomposo como sempre,
cheio de planos e promessas.

Lá se vai sem quase nada
do que se esperava.
Lá se vai abrindo o ano.
Janeiro de recomeços
e esperanças.
Janeiro de passos largos,
de pouca conversa,
pouca demora.

De janeiro a janeiro,
o tempo voa,
a vida passa, e nós,
meros passantes,
tentando acompanhar esse tranco.
Uns mais, uns menos,
mas todos corremos
para tentar viver este janeiro,
antes que chegue o outro…

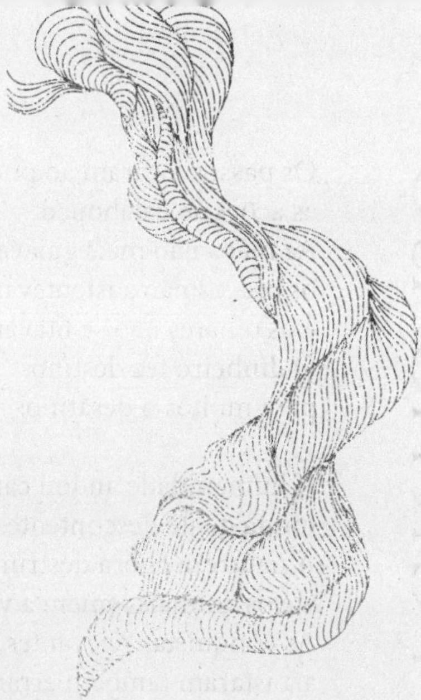

NÃO FOI POR ACASO

Os passos levaram ao poço,
as ações ao calabouço.
As mãos não mais guiavam,
os braços não sustentavam
e os olhares não se fitavam.
O dinheiro fez destino,
para muitos o desatino.

A humanidade andou carente,
muita gente descontente.
A natureza chora destruída,
até os animais temem a vida.
As conquistas relevantes,
arrastaram também errantes.

Os filhos assustados,
com pais juntos e separados.
Famílias antes unidas,
buscam-se quase perdidas.
Governantes egocêntricos,
com subordinados idênticos.
Lista de políticos vaidosos,
patéticos, gananciosos.
Igrejas misturando coletas
e adeptos seguindo
outras setas.

Religiões perdendo a essência,
universidades fora da ciência.
Guerras e povos se destruindo,
templos e pilares à toa ruindo.
Nem todos são culpados,
nem todos são desligados.
Mesmo assim, igualmente padecem,
pois desunidos permanecem.

Enfim, chega o aviso,
em tempo, porém... impreciso.
De repente, um grito urgente
transformou alguns em gente.
Agora tentam se levantar,
unem esforços para aplacar.
Chegou uma arma letal,
para mostrar onde estava o mal.

Hoje ainda querem se atribuir
e de vantagens usufruir.
Ainda não foi o suficiente
para dar fim
à ânsia dessa gente.
Muitos ainda terão que padecer,
precisarão ver para crer.

Só assim se voltarão,
em busca da libertação.
Com abraços demorados,
juntarão-se-ão os separados.
Ao final de toda essa tragédia,
quando o amor tomar as rédeas.

Tomara, voltemos diferentes,
teremos aprendido finalmente.
Um novo mundo construiremos,
dessa tragédia aprenderemos
a valorizar mais o ser humano,
mudando o mundo insano.

Ao reiniciarmos nossas vidas,
com as mudanças provocadas
pelas histórias vivenciadas,
cientes de que não foi por acaso
esse incrível revés.
E que não seja nosso descaso,
motivo de caos outra vez!

DESEQUILÍBRIO

Se está na sala,
bem esquisita,
se, na cozinha,
meio visita.

Se vai ao quarto,
de tudo se aparta,
e o que é seu
já nem reparte.

Se abre a janela,
viaja por ela,
e se a olham…
Quem é aquela?

Destranca a porta
e impetuosa sai por ela,
quer saber quanto suporta
sem as tintas de aquarela.

Indecisa,
alcança a rua,
e de repente… se sente nua,
invadida e perseguida.

Esse temor que a fere,
tem nome e sobrenome,
na sua vida tanto interfere
e sagazmente a consome.

Num esforço, atordoada e
olhar profundo, ainda perdida,
ruma de volta para a sua casa,
onde luta para ser curada
do mal que extravasa.

ALTOS E BAIXOS

Ora tudo em cima
ora tudo em baixa,
ora tudo anima
ora nada se encaixa.

Se em cima, otimista,
quando embaixo, pessimista.

Ora vejo luz, vejo clareira
quando de fé eu me revisto,
mas outra vez na ribanceira,
quase de tudo desisto.

Se em cima, altruísta,
quando embaixo, egoísta.

Ora creio, esperançosa,
ora me abato bem chorosa.
Mas do alto alguém protege
e uma força sempre emerge.

Só para cima, ela me põe,
segue a vida, ela propõe.

E se alguém assim me assiste
e de mim nunca desiste,
devo agir com gratidão
para ter paz no coração!

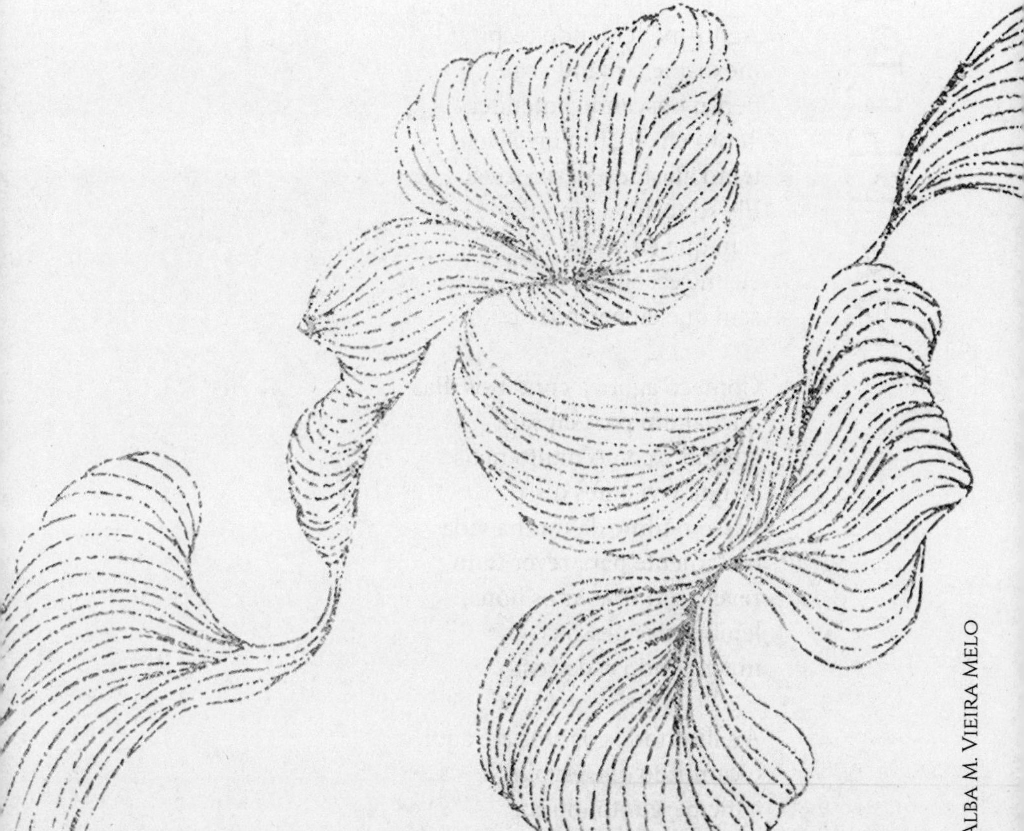

NA PELE DELES

Olho de olhos cerrados,
ouço vozes, aflições e suspiros.
Movimentos que me cercam,
mãos vestidas que não tocam,
bocas escondidas sem sorriso,
vestes brancas, luz branda.

Agito-me tentando respirar,
mexo-me tentando sair,
penso buscando entender.
Tento enxergar o invisível,
tento afastar o desprezível.
Ele se abrigou em mim
sem que eu visse,
ele me escolheu
sem que eu permitisse.

Começo agora a contar os dias
que faltam para eu sair,
contudo, conto muito mais,
os que vivi antes disso.
Passo o filme da minha vida
lentamente para rever tudo,
revejo os momentos bons,
lembro das pessoas
imaginando cada rosto.

Analiso todos os atos até aqui,
o caminho que escolhi
e me pergunto muito.
Quero entender
o que me prostrou,
compreender minha fragilidade,
minha tênue vulnerabilidade.

E se eu não voltar?
E se eu não puder falar sobre
o que não acabei?
Sobre o abraço não dado,
sobre o amor não declarado,
sobre o tempo que desperdicei?

Retorço-me na brancura
dos panos que me cobrem,
sinto o cheiro dos remédios,
ouço cochichos e atropelos.
Será que correm por mim?
Será que é o fim?
Onde escondo agora tantos serás,
tantos porquês, tantos talvez?

Aperto ainda mais meus olhos.
Quero ver o que tento engolir,
o que não me deixa falar,
o que me impuseram
enquanto tropeçava na dor,
no desespero da falta do ar,
do valioso oxigênio
que lá fora tem de graça.

Tento acalmar minha mente,
e lentamente vou tecendo
um caminho ainda possível.
Encomendo minha alma,
enquanto ainda tenho lucidez,
abençoo meus entes queridos
enquanto ainda os tenho,
delego meus afazeres
enquanto ainda me oriento.
Penso no que vou deixar
se me for
ou como vou encontrar
se voltar.

Por fim,
vejo quão sem importância
isso é neste instante
e me dou conta da única coisa
que posso literalmente fazer.
Resignada, deixo-me cuidar pelos anjos
que me cercam
e começo a rezar!

(Texto inspirado na vivência de amigos, familiares e outros tantos nessa pandemia.)

PROCISSÃO

Tudo se vai tão velozmente!
Os dias, as horas, os minutos…
e nós, meros passantes,
junto a essa vida que simplesmente passa.

Tudo decorre naturalmente,
e nossa existência se vai,
avançando lenta e decisiva.
Os melhores momentos, então!
Esses se vão rapidamente…
E quando atravessamos os percalços,
o tempo parece se arrastar mais lento,
consumindo-nos nesse desengano.
Bendizemos sua pressa
por tantas vezes,
em outras travamos
até o pensamento,
na esperança de prender
cada segundo bem vivido.

A vida bem vivida
ou de frequentes lamentos
nos leva igual,
nos faz iguais.
Lado a lado,
um após outro,
efêmeros figurantes
que se vão,
abrindo e fechando ciclos
durante essa grata e perene procissão!

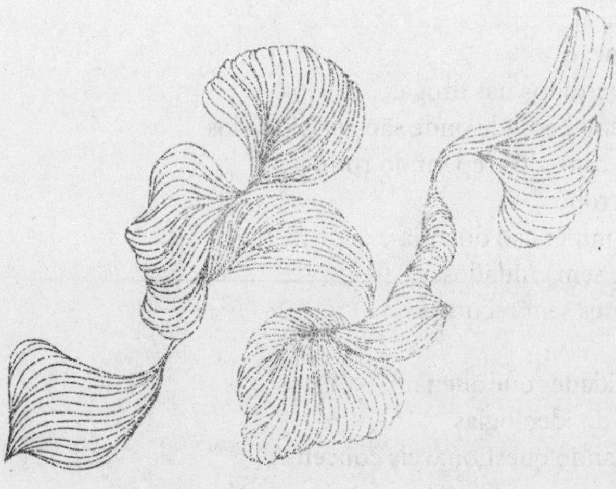

ALERTA GERAL

Estava tão evidente!
A humanidade caminhava
sem rumo...

Os cidadãos cada vez mais ausentes,
fechados em si
mesmos,
numa luta diária
por sobrevivência.
Seres cansados repetindo rotinas, virando robôs,
numa competição doentia e deprimente.
O medo, a violência e a ganância tomaram conta
da sociedade.

Famílias vivendo
a perda e a distorção dos valores, insensibilizados
pela ausência de abraços
e falas de amor.
Crianças pedindo colo,
choramingando a falta dos pais.
Idosos sem escuta,
sem voz,
sem atenção.
Jovens perdidos nas drogas,
buscando liberdade onde são aprisionados.
Adultos cansados repetindo rotinas,
virando robôs,
numa competição doentia e deprimente.
Doentes sem cuidados,
cuidadores sem recursos.

Universidades que alienam,
unificando ideologias
e repassando questionáveis conceitos.
A tecnologia que libertou e trouxe a evolução geral,
também escancarou portas para um mal
que se alastra sem o esperado discernimento.

Multidões famintas, implorando por pedaços de pão e terra.
Bombardeios que ensurdecem
os líderes e calam soldados,
vitimando inocentes.
Nações se digladiando,
povos se destruindo,
numa guerra sem vencedores.
Governantes vestidos de vaidade,
driblados pelo próprio poder,
pelos comparsas que se atropelam em evidentes e enganosas aspirações.

Enfim, incontáveis alertas sem escutas…

Vale dizer que não
foram os bons,
os de coração sensível,
os dignamente chamados de humanos,
que a tudo bagunçaram…
Todavia, são esses que agora oram juntos,
pedindo a cura da humanidade.

O alerta geral foi finalmente ouvido…
O mundo enfim parou!

CONFIANTES

Poderia chamar assim,
registrar que é o fim.
Poderia gritar aos quatro ventos
que não haverá mais tormentos.
Poderia ir para a comemoração
para o momento da gratidão.
Poderia juntar multidões
e dizer que valeram os mutirões.

Poderia, mas infelizmente,
nada acabou completamente.
Ainda temos que andar,
ainda há muito para sarar.

Busquemos então, no cuidado,
na leveza das atitudes,
andar lado a lado
respeitando as vicissitudes.

Haveremos de nos manifestar,
de nos abraçar no futuro,
quando tudo isso acabar
e nosso convívio for seguro.

De amor fraterno e esperança
sejamos bem abastecidos,
munidos de muita crença
e a Deus agradecidos.

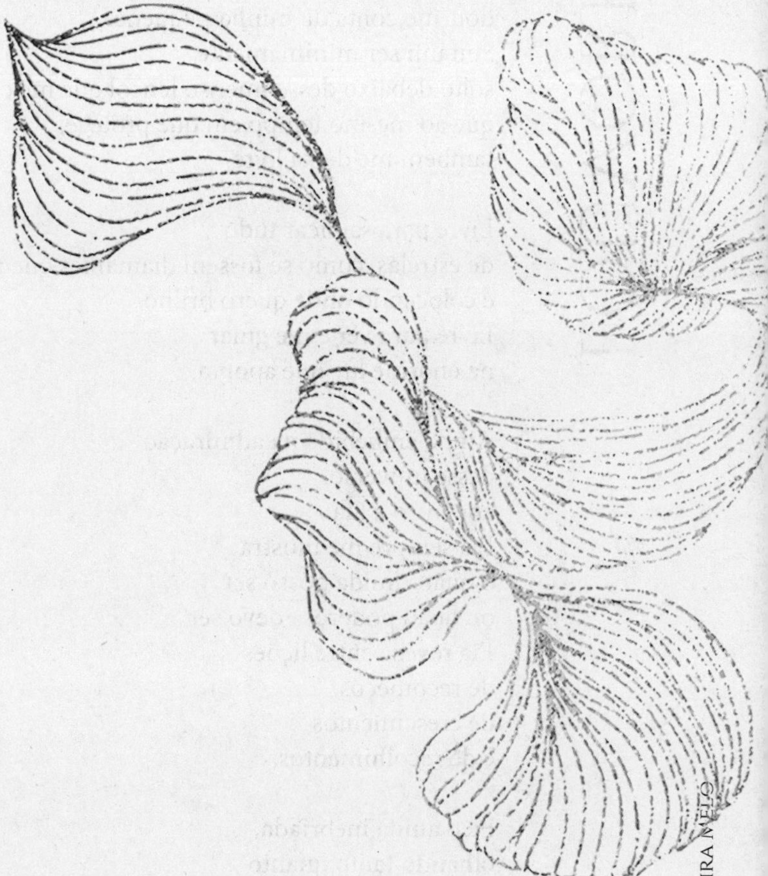

LOUVORES

Quando olho o céu
e contemplo a vasta imensidão sobre minha cabeça,
dou-me conta da minha pequenez.
Sou um ser minimamente
solto debaixo desse imenso lençol que me cobre,
que ao mesmo tempo em que protege,
também me deixa livre.

Livre para salpicar tudo
de estrelas, como se fossem diamantes que vou lapidando
e colocando onde quero brilho.
Livre para ver e me guiar
na enorme luz que aponta.

Ainda embebida na admiração
desse universo,
encontro a lua.
Ela sempre me mostra
o quão tímida posso ser
ou quão poderosa devo ser.
Ela reveza entre lições
de recomeços,
de crescimentos
e de recolhimentos.

Fico ainda inebriada,
olhando tanto quanto
meus olhos alcançam.
Fico me perguntando
qual ser me criou tão
pequenino neste imenso espaço?
Qual força magnânima
me tornou tão sensível
para enfim perceber minha insignificância
diante de tamanha grandeza?

No entanto,
sinto-me parte dessa criação,
e quanto mais para o alto olho,
mais me sinto sob seus pés.
Quanto menor me sinto,
mais entendo a grandiosidade da existência à qual pertenço.
Nesta ínfima ligação que faço,
da distância entre o céu e eu,
de repente consigo ver
o forte elo que me prende a ele.

Entendo agora por que
me sinto tão solto
e ao mesmo tempo
tão seguro.
Compreendo por que posso salpicar de estrelas,
acordar com o sol
e adormecer debaixo da lua.

Sou esse ser tão minúsculo,
cuja grandeza está
justamente onde a semelhança de quem
criou se faz,
quando reconheço
minha limitação
diante disso tudo
e me coloco,
como agora,
humildemente a louvar!

EM CASA

A rede me abraça
e acolhe o cansaço,
descansa da procura
do que fazer por aqui
nestes longos dias
de confinamento.

Penso que já fiz
o que era prioridade por aqui.
Fiz até o que não precisava.
Aprendi a ficar em casa,
ocupando-me de todas
as formas possíveis.

Arrumei gavetas,
limpei armários,
desfiz-me de coisas.
Fui para o jardim,
plantei com fé,
arranquei erva daninha.
Apostei nos arbustos,
que logo me acenarão,
e acreditei na volta das borboletas,
que se foram antes da minha chegada.
Talvez ainda atraia algum beija-flor também,
mas se não vierem,
valeu pelo tanto que essa prática me acrescentou.

Caminhei todos os dias
pelo campo, exercitei-me.
Pisei com firmeza no verde
e me enchi de esperança.
Embrenhei-me no mato,
seguindo trilhas antigas,
procurando pinhão, bromélias,
avenca ou qualquer coisa que encontrasse.

Entrei na água gelada da sanga,
buscando a energia quando percebia que sumia.
Ouvi, todas as manhãs,
a diversidade de cantorias vinda da mata,
enquanto o sol ia banhando
a soleira da minha janela.

Contemplei por horas a fio os animais pastando,
analisei seu ruminar paciencioso,
e por incrível que pareça,
aprendi com eles a comer com mais calma.

Sinto-me finalmente em casa!
Os afazeres diários,
a rotina doméstica,
com a qual não me envolvia desde há muito,
também me mostraram um lado bom.
Senti-me dona do meu espaço de novo.
Renovei o prazer de trocar um guardanapo,
colocar um vaso com a flor silvestre
trazida das caminhadas.

Ouvi músicas
buscando a nostalgia
que me fazia bem.
Fiz leituras inusitadas,
adormeci com o livro sobre o peito,
embalada pelo sossego da rede na varanda.

Alguma saudade?
Senti saudade, sim… das pessoas queridas,
distantes dos meus olhos,
mas as mantive ainda
mais no meu coração.

As noites chegam silenciosas por aqui,
pois nem as notícias mal faladas me perturbam mais.
Não as escuto.
Um bom vinho tinge minha alma
e ajuda a elevar os pensamentos que só Deus pode ouvir.

Fico na paz, orando pelos que sofrem
e agradecendo o privilégio desse aprendizado.
Até quando ficaremos assim?
Confesso que não sei, e acredito que ninguém.
Só Deus!
E creio esperançosa
que ele saiba!

ERA EU

Há momentos em que me convido para viajar,
dar um pulo no tempo
e passear livremente
pelo meu interior.
Pego firme minha mão
e me conduzo mente adentro…

Vou encontrando pessoas,
vendo coisas,
escutando música.
Vou curtindo paisagens,
águas correntes
e, de repente…
poças sujas.

Continuo andando…
passo por trilhas bem marcadas e outras
que corajosamente,
vou abrindo.
Vou revivendo momentos
que me marcaram
e outros que deixei de lado.
Ainda estão ali
no canto que larguei.
Alguns estão de costas
para mim, outros sequer
me reconhecem.
Outros sorriem,
acenando com a cabeça.
Compreendo que posso
ir mais além…

Apresso o passo,
vejo calçadas limpas e
sarjetas obstruídas.
Paro um pouco quando encontro pequeninos

brincando inocentemente.
Curto esse momento,
acordando a minha criança.

Sigo adiante,
já um pouco cansada.
Atravesso um trecho
quase deserto,
e de repente encontro
alguém chorando.
Compadecida,
sento-me ao lado
tentando ajudar.
Ouço seus soluços
e seco suas lágrimas.

Quando enfim se acalma,
levanta a cabeça e
me olha agradecida.
Nesse momento a reconheço...
me dou conta de que a
conheço muito bem!

Agora compreendo
por que percorri todo
esse caminho!
Por certo
era para me reencontrar,
amparar-me
e me levar de volta pra casa...

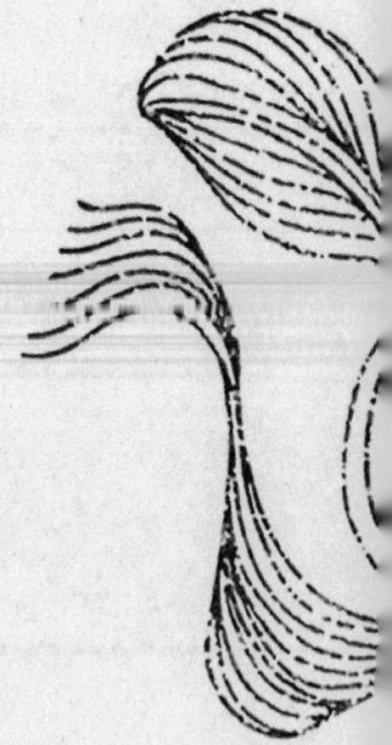

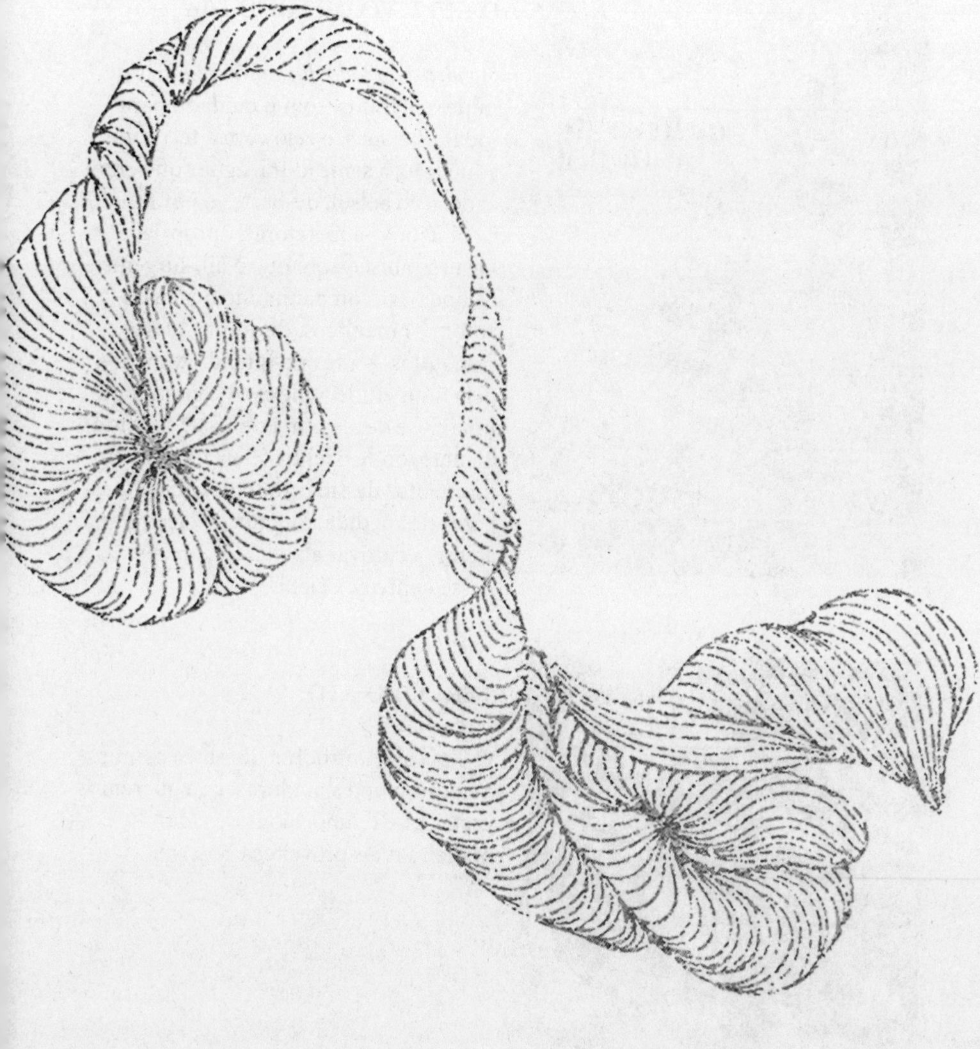

Leia também, da Editora InVerso:

O CULTIVO DE TODO DIA

O cultivo de todo dia reúne poemas de muitos plantios, com o cuidado para todas as etapas, o zelo com a terra, a adubação, a semeadura, água suficiente, exposição ao sol, desbastes e por fim, a colheita — a metáfora é apropriada! De um rabisco aqui outro ali, surgem os poemas acompanhando a vida da autora: românticos, diminutos, leves, tranquilos — mesmo quando tomados pela inquietude, reflexivos e guardando uma dose de alegria. Poemas buscando contato, onde o leitor se encontrará em momentos de vida contemplativa, por vezes desmedida, tomada de laços & afetos, a cultivar a alma. Encontre-se nesse cultivo e deleite-se.

TERCEIRO ATO

O *Terceiro Ato* aborda questões comuns a nós, mulheres maduras, que queremos gastar esse tempo, tão nosso, da maneira mais proveitosa possível.